Nena

Lada Josefa Kratky

NATIONAL GEOGRAPHIC LEARNING | CENGAGE Learning®

Esa es Nena.

Nena es una nutria.

Esa es su mamá.

Su mamá nada.

Nena no nada.

Nena se pasea.

Ton ton ton. Su mamá
usa sus dos manos así.

Su mamá se ata

a unas matas.

Nena y su mamá

pasan sus días así.